入道雲を追う

那須香

海鳥社

入道雲を　追う

目次

春雷 8
続 12
不在の人 16
細胞 20
旅人 24
先端に溜まる海 28
救い 32
玉 36
銀河 40
船 44
データ 46
林檎 50
マーケット 54

地霊 58
就労 62
影 66
のりうつる 68
唄 72
遊び考 76
森の音楽 80
唄う 84
幻の熊 88

入道雲を　追う

春雷

春嵐の後
ハナミズキの木の下に
小さな雄鹿のツノが
無数に落ちている

緑の苔むした庭に
小さなその種族が
姿を現したことは無い

ただ　生え替わったツノだけが
生存の証だ

ネズミほどの大きさのその動物は
優しい眼をしているだろう

庭にうずくまり
骨を拾うように
抜け落ちたツノを拾い

春とは

去りゆく命の季節であったと

春雷のように
鳴り響いては
消えゆくものであったと

草花の芽吹きの勢いに
眼を見はっている

続

やお　やお　やお

庭には春がやってきて
新しい芽が顔を出す
去年と同じ植物が少し違う様子で
人の血族の姿が似ているように

真っ赤な苺が食卓にある
身体の中にも同じ色の

今までなかったものが宿る

空は白い
薄雲が張られたのだ
太陽の光は遮断された
天の恵みが届いて来ない

爛《ただ》れた内臓を秘め
今日は息をしている

始まりの一瞬は不思議だ
どんな力が働くのだろう
昨日まで無かったものが
いつのまにか存在し

大きくなってゆく
宇宙の成り立ちと同じように

突然　消え
なにも　無くなる

春は鳥が鳴くよ
去年とは違う鳥
同種族の声を響かせて

続いていくものに
祝福を

不在の人

居ない
あなたは居ない

どこかの宇宙にいるのか
気配だけはする

もしも同じ場所に存在していたら
仲良く　やれただろうか
一緒に笑って　泣いて　遊んで

楽しめただろうか

世界は幾重にも重なっている
此処で眺めるのは真っ赤な夕陽だが
隣接した其処では真っ青な夕陽が沈む
空は黄色く
緑の雲が浮かんでいる

あなたは其処にいるかもしれない
孤独という感覚を抱えて
気配を摑もうとしている

命は折り重なっている
微生物も　虫も　植物も動物も　同時に

あなたの命も
ほんの少し　ずれた空間で
息づいているに違いない

見えない世界を忘れない
感じ続ける
ここに居ないあなたを
慈しみ続ける

細胞

こんな夕暮れ時は
カサカサと音を立てる落ち葉を拾おう

眩しい程に黄色く輝いた
銀杏の葉にも影が差し
太陽は雲に隠れ
世界は静まった

あの不思議な木は

相変わらず風に揺れている
遠くに視ると聳えているのに
近づくと　語らない隣人のような
小柄にも思える木

人の気配はあるが
誰もいない

虫たちがいるようだが
姿は見えない

生命が漂っている
辺り一帯に
地球の命が

大気として感じられるのか
それとも宇宙というものの

細胞のひとつである私は
人体のそれと同様に
蠢いている

いつか
カサカサと音を立てる身体になって
腐葉土となれば良い

旅人

海の向こうに渡った貴方の
物語を聴いていると
見知らぬ土地に降り立ったように思う

様々な人に出会い
言葉を交わした貴方の
頭の中を想像すると
いろんな人種が隣りに座っているように思う

海がほとんどの地球の陸地
大した移動もせず
一つのクニの中で蠢く者が大半だが
貴方のように
あちこち行き来するヒトも居て
淋しさと憧れが混ざり合って
背後の影に光っている

貴方は行ってしまうから
輝いている

此処に居て
地面ばかりを見詰める私は
風に髪をなぶらせて

道標となる
地球の記憶のひとつ

世界は
そんな欠片ばかりが散りばめられていて
時に　陽光に反射して
眩しく光るのだ

先端に溜まる海

触手の先端に位置する私たちは
いつも痛手を被《こうむ》る

末端は心臓部からの指令に翻弄され
けれど身体の隅々にまでその思想が
いつの間にか細胞を伝い
浸透してきたのだと驚かされる

こんな辺境の地にまで

眼に見えないものはやってきていて
抗い難い空気しか呼吸することができない

以前と変わらぬように見える大空は
電子で満ちてしまった

病んでいるとしか思えない世界
健やかだった風は消え
穏やかだった海は荒ぶり
陽だまりには熱が籠もって
天からの雪には毒が混じる

私たちは先端だから
細く　力弱く　しなやかだけど

伝達しなければならない
時間の管を繋げて
分裂した新しい細胞へと

終わっても続いていく希望の光よ

黄色いカナリヤの息は絶え絶えで
とても飛び立てそうにもないが

早く　この皮膜を破って
別の世界に堕ちなければならない

末端に溜まる海を搾り出して

救い

アボカドの実が
助けてくれる
救ってくれる

滑らかで　きめ細やかで
ねっとりとした
淡い　黄いろと緑いろ
柔らかな果肉

クリームのようなそれは
優しく肌に触れる

春は近い
冬に留まっていたくとも
季節は巡ってゆく

あなたに逢いに行く
遠くに居るあなたのもとに
心だけでなく身体をも
包むために

言葉だけで繋がるのではなく

空間をも　同じくしよう
同じ場所に居よう

ひと時であるとしても
強い結び目となるから

アボカドは
宇宙に漂う　惑星に似ている

星座の如くに
結び付いていよう

玉

眼球の記憶に夢が揺すぶられている
震度3ほどに

確かに　この眼で見たものは
いつしか夢に現れる

遠く　昔に見ていたもの
何気ない風景

何故に選ばれ現れるのか
時空を超えて　想いを超えて

意味があるのか無いのかさえも
神さまという夢に委ねるしかなく

無意識が織る物語に
懐かしさを感じている

さて今此処にある一個体は
地球の素粒子でしかなく
原子　分子　物質と　広がってもいくのですが

個体は一つの宇宙でもあるのです

星を眺めて宇宙を感じ

地球が　巨大な一生物の素粒子かもと夢想しては

眼も　地球も　球体であるということに

驚いたりしているのです

銀河

夜の空には宇宙が現れる
星々が　月が　瞬《またた》いていて
遥か彼方に想いを飛ばすことができる

遠く　遠く
人々は宇宙に物語を描く
生きて　考えて　動く　生命あるものが
存在しているだろうと
祈るように

闇を恐れるのに
闇の中の小さな光を
美しいと想うのは何故だろう
憧れるのは何故だろう

道行きながら
上り坂にさしかかる
前にあるのはオリオン座
三つ星と見つめ合う

丘へ登れば
下界には人工の光の集まり

頭上には
誰が創ったのかわからない
自然の　散りばめられた光

銀の大河が
黒い空に張り付いている

星々の河に流され
宇宙へと消えゆくことを
夢見ている

船

船に乗り込む
一日が閉じられようとしている間際に

ホルマリン漬けの標本に近い状態で
身体の表面を覆う皮膚の全てを撫で
一皮剝けたような気分になり

地球から脱出するカプセルにも似た
狭く硬い入れ物の中で

春の予感だけ漂う極寒の冬の夜は
天井を透かして星空が脳裏に映る

温かい液体につかり
心地良い孤独にひたり

遙か彼方へと運ばれていく
空に向かう身体から解き放たれていく

データ

モノとしての存在は
うとましがられるようになったのです
いずれ　古び　終わりが来るから

手渡す人も　居なくなったのです
重荷になるのを怖れ

全ては
一つの脳に

記録として　幻のように
欲しい時にだけ
取り出せれば良いのです

モノは　裏切るから

大切にしていても
壊れてしまう時が来るから

漂っています
それぞれの仮想世界に
関わる他人も　モノのように

入れ物である身体は
もの　であるのに

波間に揺れる泡のように
記録は漂流しています

それは　記憶なのかもしれません

終焉を迎えていく過程があり
壊れた後も　残るもののあるモノと違い
データは　一瞬で　飛んでいく

ヒトも　あたかも　そのように

林檎

林檎を咀嚼する

涼やかな調べとともに
甘くさわやかな香りが匂い立つ

砕かれた果肉の柔らかさは
口もとから流れ出てくる
霙《みぞれ》が降るかのような音色でわかる

響きは励ましてくれる

おもてに出るのが辛い朝も
気持ちの重たい冬の午後も

最初のひと齧り
含んでからの　繰り返し
くだかれ　喉へと滑り込んでいく
心も　呑み込まれていく

林檎を喰み
耳は原始の音楽を捉え

艶やかな表皮を想い

紅を心に取り込み
生命《いのち》とするのだ

マーケット

すうぱぁには
一頭の牛も　豚も
一羽の鶏も　売ってはいない

切り刻まれた肉片が
ビニールパックに入れられ並んでいる

魚さえ　尾頭付きは珍しい
冷凍されたものが増えている

鱗もハラワタも　綺麗に取り除かれて
野菜までも
皮を剝かれ
切り刻まれたものが売られている
大根の葉が消え
葱の根っこが無くなり
茄子や胡瓜や枝豆は
どのように生っているのか
思い描くのが難しくなって

便利だけれど
生き物の丸ごとを
見ることができない

ヒトも切り刻まれた
血の繋がりは絶たれ
土地の縁も薄まり

祖先とは　家族とは　何であったか
遠い昔の記憶に
微かにしか残っていない

世の中という陳列棚に置かれ
食べ物も　それを糧とする人間も

やすやすと

消費されていく

地霊

土地に棲む魂が
悪戯をするのか
ヒトの営みに　それは欠かせないのか

皆と　言葉の通じない者が現れる
言葉が通じないから気持ちも通じない

それらは家族を悩ませ
愚痴　怒鳴り声　嘆き　嘲り

感じたくない感情を　呼び起こす

ムラには何人もいるのだ　手を焼き続ける者が
オヤたちは　守り　隠す
途切れる未来を先延ばしにする

影響を受けなかった者は
土地から離れていく
いや　戻りたくても戻れない
結界が張られているかのように
その場所から　追われていく

鎮守の杜の祭りは続いている
選ばれた者だけがその土地に住まい

街全体はゆっくりと風化しつつ
都会のダミーの呪いがかかる
いまに　だあれもいなくなる
老いた幼馴染みだけが
刻印のように息づいていて

そして故郷は消滅する

就労

桜の花々がざわめいている
菜の花の黄色は眩しいばかり
点描画の風景が広がっていく

世の汚れが襲ってくる
染まらぬためには　繋がりを断つしかなく
それでは生きてゆけぬから
濁流でなければ
流れに甘んじるかと諦める

春告げ鳥が
美しい声を響かせているが
あれは縄張りのため

生きていくのに　争いは絶えない

タタカウという言葉が怖くて
封印しようとした

毎日は戦《いくさ》の如く
敵に囲まれ　罠に嵌められ
傷を負わされる

働くという行為の中
ヒトビトの関係に潜む
残虐性を上手くかわして

忍びの者のように
真っ直ぐな道を　一人　走ることにする

影

隙間には　虹色の光を身体にまとう
生き物たちが　棲んでいる

夏の葉かげに
積み重なる石の間に

ヒトだけが生きているのではない

太陽の光は自然の恵み

激しく降り注ぐ雨もまた
全てを絶やすことなく
欲望に振り回されぬ
ほんとうの　豊かな叡智を

空に架かる虹と
同じ色を持つ　虫に　トカゲに
挨拶を

のりうつる

ふとした仕草が　父に似ていた
ほんの　数日前からだ
父はもうすぐ　此の世から立ち去るので
息子に渡していきたいのだろう
少し腰を屈めた後ろ姿が
驚くほどにそっくりで

魂は　憑依するのだと考えた
先人たちに　合点した

一族の赤い流れを
次の世代にそそげるのか

この世界も　地球という生き物も
星達も　永遠ではない

肉体にも　心にも
昔からの感覚や感情が潜んでいて

末裔の背後には
影を落とし光を灯し
透きとおった先祖たちがゆらめいている

犯した過ちと　善行と
様々な感情と　変わらぬ行為と

海は雨粒だった頃の記憶を持っている

唄

産まれ落ちた土地には
唄が眠っている
ゆっくりと目覚めれば　微かな響きは満ち
魂に触れる言葉が　土から立ちのぼる

土地には神が居り
其処に産まれた者の身体に潜む

お前は　我が作物を食べ血肉とした

お前は　我が空の光を浴びた
我が子たちの中で育ち
その鎖がはずされることは　終わりまで無い

他の場所に移っても　神は四肢に
細胞の隅々に　密かに住まう

唄が聞こえる
土地の言葉
語り継がれる物語
修験道者の哀しみ
永遠に眠る人々の記憶と
山々の眼差し

草や木々　田畑の緑が
魂を　覆い尽くす

生きよ　何処へ行こうとも

遊び考

小学生はランドセルを背中から降ろすと
遊びに行って来る　と
玄関を飛び出すのでした
遊ぶと言っても　一人きり
畑や田んぼの畦道を歩き
草花を視たり
ねぎ坊主や菜の花
畑の野菜の様子をうかがったり
近所の家のイブキの葉を撫で

野いちごはないか　アケビはないか
ツバキやツツジ　サルビアなど
蜜を吸える花はないか
塀の向こうに見える庭木は登れるか　など

世間を見て回るのが
遊びなのでした

太陽光のもと
青空のした
植わっている木々や花々
暮らしの様子なんかを

動きながら　視る

時に　凝視する

ニワトリが彷徨《うろつ》き
犬や猫が寝そべり
時にはヤギや牛　クジャクの鳴く庭もあり
遠くに
田んぼや畑で仕事をする大人や
母親に負われた赤ン坊なども視野に入る

大きくなって
物見遊山という言葉を知り

みること　全てが　遊びなのかもしれないと
想ってみるのでした

森の音楽

深い森の樹木たちの
幾百万もの艶やかな葉に
幾百万もの
空からの滴《しずく》が降り注ぎ
世界を楽しませる

オーケストラの
交響曲演奏直後の
鳴り止まない拍手のようでもあり

今は視ることの無い
その日の放映を終えた画面の
砂嵐のようでもあり

絶え間なく繰り返す
海辺の波音にも似ていて

立派な一つの音が　同時に響く
それぞれ　一定の間隔を空けて
集合している

白い真珠の玉すだれが
風にゆすられるように

ひと粒　ひと粒が　美しくて

たった一つか二つの耳で
聴く　という奇跡

震えているものに
心を傾けよう

押し黙って

唄う

歌で悲しみは消えない
唄えば涙で喉が詰まり
声は途絶える
哀しみが増幅される

悲しみを紛らわすには語ることだ
言葉へと写すことだ

邪気払いを身近に持ちたくて

白髪混じりの髪を結び
体内に潜む悪意は
いつ出てくるとも限らない

語るには時が必要だ
遠くから見詰めるために
海に浮かぶ島のように離れなければならない
隔たることで静まるものがある

歌で悲しみは癒えるか
鳥ではないヒトの歌には言葉がある
調べに合わせ　声を響かせれば
慰めもにじんでくるのだろう

人々の中にいると
様々な事件が起こり
優しいつながりだけでなく
確執　憎悪　勝敗や優劣の絆ができる

唄うことはできずとも聴くことはでき
世に流れる歌　散らばる言葉を
鏡に映して気持ちを合わせる
いくらかは信じることへと導かれる

存在は必要なのだと

幻の熊

現れる
寒い冬の日に
毛皮を纏《まと》い　脂肪もたっぷり蓄えたその姿は
暖かそうにも見える

ヒトビトはふさふさしていた体毛を捨て
道具を使いたいがために身体を退化させた
太古のように裸足では速く走れないし
遙か遠くを視ることもできない

地球の自然の中
生まれたままの姿では
生きていくことができない
幸いを求め続け　種の繁栄を願い
生き延びてきたのだけれど

熊よ
寂しいよ

ヒトは
こんな星の下に生まれたのか
地球の病原体として君臨し

生命を輝かせようと
宇宙へと飛び出すけれど

広い　広い　北極の海
海獣たちの姿も消え
すっかり小さくなってしまった氷の上で

ヒトが
その最新技術で映し出す
対面することの
決して無い
一頭の熊

星空を見上げることもあるだろう

宇宙へ行きたいと思うかい

装幀：足立友幸

入道雲《にゅうどうぐも》を追《お》う

■

2025年2月1日　第1刷発行

■

著　者　那須　香

発行者　杉本　雅子

発行所　有限会社海鳥社

〒812-0023　福岡市博多区奈良屋町13番4号

電話 092（272）0120　FAX092（272）0121

http://www.kaichosha-f.co.jp

印刷・製本　九州コンピュータ印刷

ISBN978-4-86656-179-0

［定価は表紙カバーに表示］